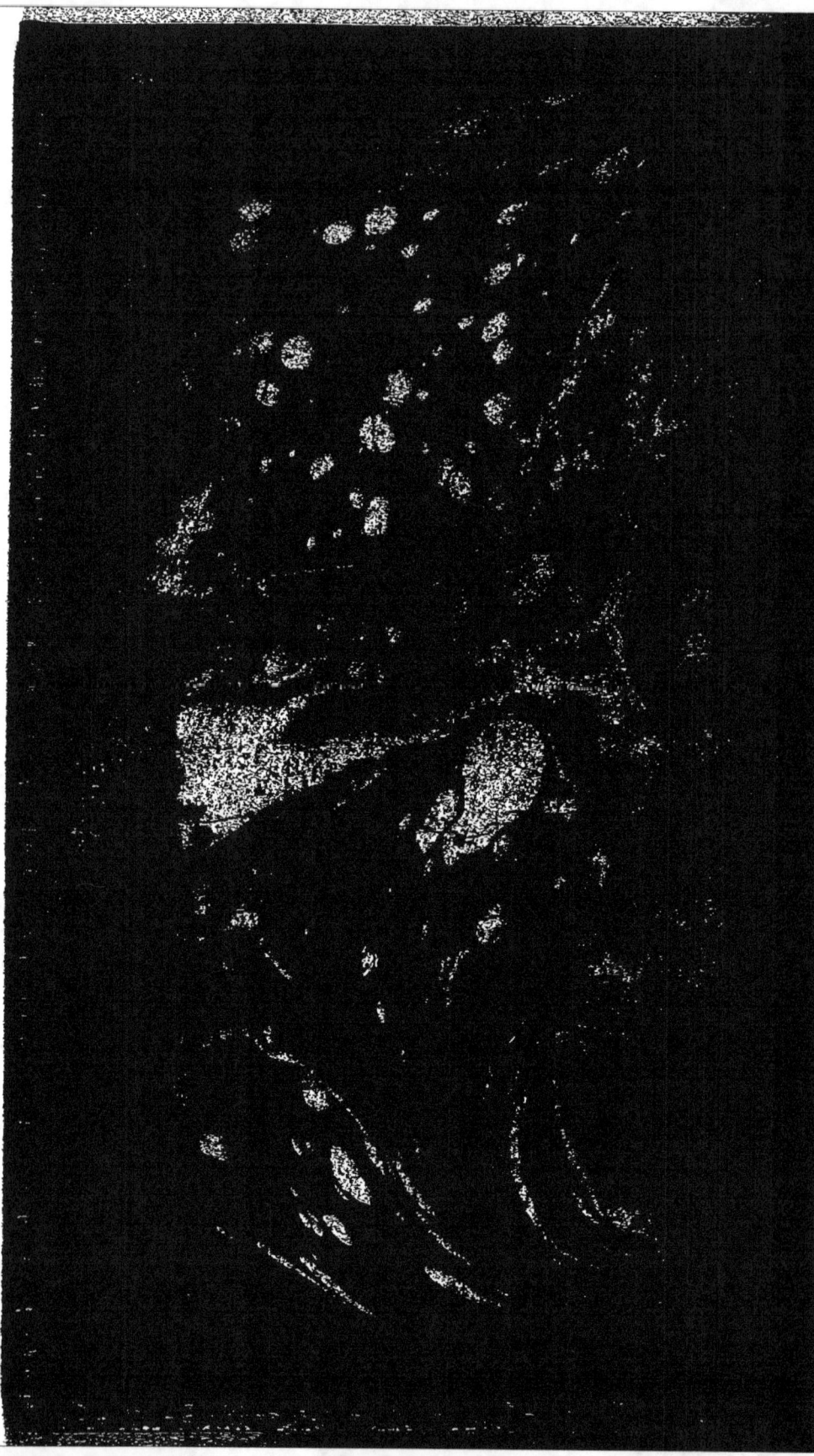

LETTRES
ORIENTALES.

אי לאו דלינא חספא לא משתכחת מרגניתא תותיה :

En remuant la Terre on trouve ses trésors.

Ancien Proverb. Chald.

TOME PREMIER.

Se vend Quinze sols le Cahier.

A THESSALONIQUE,

Chez ABRAHAM ABOUL-HAPHIA.

M. DCC. LIV.

AVIS.

LE Chevalier de *** François, &
Zadé, Turc, que des raisons particulieres retiennent à Paris, nous ont communiqué des lettres d'Aben-Zaïd, Arabe.
Nous avons crû y remarquer des traits d'u-
ne profonde érudition & d'une saine critique. Quoiqu'une étude sérieuse semble faire
le principal objet de ce sçavant Oriental,
son phlegme Asiatique s'égaye souvent par
des Contes, des Fables & des Relations.
Les voyages qu'il a faits dans différentes
parties du monde, lui ont acquis beaucoup
de connoissances. Il sçait plusieurs Langues, & a pris tant de goût pour la nôtre,
qu'il s'en sert par préférence dans son commerce épistolaire avec ses deux amis. Par
une suite de son affection pour eux, il leur
fait part de toutes les découvertes, dont il
est redevable à ses recherches, & à ses liaisons
avec des Sçavans de toutes Nations, sans
avoir dessein d'en faire un Journal.

Le désir de nous rendre utiles, & la promesse que Zadé & le Chevalier nous ont faite, de nous remettre toutes les Lettres qu'ils recevront dans la suite, ainsi que quelques-unes des leurs, nous ont déterminé à donner dès à present au Public, celles que nous avons déja recueillies. Elles paroîtront tous les quinze jours par cahiers, de trois feuilles chacun, à moins que des vents contraires ne retardent le Vaisseau, ou ne lui fassent faire naufrage. Nous esperons que les Sçavans contribueront par leurs lumiéres & leurs conseils à le garantir d'un pareil malheur. En revanche nous nous ferons toujours un vrai plaisir de leur procurer les secours de Zadé & du Chevalier, pour l'intelligence de certains textes ou passages pris dans une grande partie des Langues Asiatiques & Européennes, dont ils voudront s'assurer. Ceux qui nous écriront, sont priés d'affranchir leurs Lettres, sans quoi ils ne seront pas étonnés que l'on n'y ait aucun égard.

On pourra s'addresser à M. BERNARD DE VALABREGUE, Interpréte du Roi, rue Mazarine, vis-à-vis la rue de Guénégaut.

LETTRES

ORIENTALES.

LETTRE PREMIERE,

ABEN-ZAÏD, *à ZADÉ*, *à Paris.*

E voici enfin, cher Zadé, à
Conftantinople. Juge de ma
joie par l'empreffement que
j'avois de m'y rendre. Que
n'es-tu ici avec moi! C'eft
la feule chofe qui manque à ma fatif-
faction. Mon voyage a été des plus heu-

A iij

reux, & il semble que le Dieu des vrais
Croyans veilloit d'une maniere particuliere sur son fidéle Serviteur. Arrivé à
Venise, je trouvai dans l'Auberge où
je descendis, un Capitaine de Vaisseau
Marchand prêt à mettre à la voile pour
cette grande Ville, qui est devenue, comme tu le sçais, la résidence du plus
puissant Prince de la terre, depuis que
Dieu, à qui nous rendons le vrai culte,
l'eut ôté aux Chrétiens, & l'eut donnée
au grand *Mahomet* II. l'an 857. de l'Hegi-
re * pour en faire le siége de son Empire formidable. Comme nous avions
déja vû ensemble la Ville de Venise, je
saisis aussi-tôt l'occasion qui se présen-
toit. Je passai promptement à bord du
Vaisseau avec tous mes effets; & un vent
favorable s'étant élevé vers le milieu de
la nuit, nous appareillames. Notre tra-
versée ne fut troublée que par des cal-
mes. Nous en eûmes un, entre autres,
à la vû de *Lépante*, que je ne pus découvrir sans soupirer. Je me rappellai
cette victoire qui fit tant de bruit chez
les Chrétiens, l'an 1571. de leur Ere,
& qui mit le puissant Empire Ottoman

* Cette année répond à l'an 1453. de J. C.

à deux doigts de sa perte. Ce souvenir me causa, comme tu le crois, une douleur inexprimable, & je ne pus faire moins que de pleurer amerement cette disgrace. Faisant cependant réflexion, que l'Empereur *Mahmout* est aujourd'hui le plus grand Prince de la terre, je me prosternai bientôt devant notre glorieux Prophete, & je le remerciai du plus profond de mon cœur, d'avoir protégé dans une détresse si terrible, le sublime Croissant, & de n'avoir permis qu'il ait été ainsi humilié, que pour lui donner dans la suite plus d'éclat.

Pendant le calme, j'eûs encore le tems de considerer le Promontoire *d'Actium*, appellé aujourd'hui *Capofigalo*, si renommé par la célébre bataille, qu'Auguste y gagna sur Marc - Antoine & Cléopâtre, l'an 723, de la fondation de Rome *. J'admirai comment le Tout-puissant avoit permis, que ces contrées eussent été le théâtre de deux combats sanglans, qui sembloient devoir décider du sort des deux plus grands Empires du Monde.

Toutes ces réflexions interrompirent pendant quelque tems mes lectures,

* C'est-à-dire 31 ans avant J. C.

A iiij

qui ont été mon unique occupation &
mon principal amusement sur le Vaisseau. Tu connois, cher Zadé , mon
goût pour les Langues, la Littérature &
les Sciences, tu sçais combien je regret-
te le tems que je suis forcé de donner à
mon commerce. Aussi, dégagé à bord de
tous soins, je me suis livré à mon goût
dominant. Quoique j'eusse emporté
avec moi un grand nombre de livres les
plus instructifs , & les plus amusans,
que j'ai pû recueillir dans toutes les différentes parties de l'Europe où j'ai voya-
gé , je ne me suis arrêté qu'à un seul
pendant toute la navigation. C'est la Pa-
raphrase Chaldaïque sur les livres *Ha-
giographes*. Ne crois pas que ce soit celle,
qui est attribuée par les uns à Joseph sur-
nommé le *Louche*,& par d'autres à Rabbi
Akilas ou *Aquila* ; quoique la variété
de style me fasse croire qu'elle ne
peut être toute d'un seul & même Auteur. Je parle du *Targum Scheni*, autre-
ment appellé par les Juifs *Targum* de
Jerusalem*, qui est la seconde Paraphra-
se sur *Esther*, & dont l'Auteur est abso-

---

* Il y en a un exemplaire dans la Bibliothéque du
Roi.

lument inconnu. On m'avoit dit qu'il renfermoit des choses plaisantes & singulieres, & depuis long-tems, je souhaitois de le lire.

Ce qui excitoit sur tout ma curiosité, c'étoit ce discours dont nous avons entendu, à Paris, faire la lecture par un Iman Chrétien, dans une de ces illustres assemblées que les François appellent Académies. Tu dois te souvenir que ce qui y avoit donné lieu, étoit la découverte de quelques statües anciennes, representant une Reine qui avoit les pieds d'oye, & que l'on nomme vulgairement la Reine *Pedoc*. Rappelle-toi toutes les nouveautés que le Dissertateur débita à ce sujet. Il prétendit entre autres choses prouver, que cette Princesse étoit la Reine appellée communément de *Saba*, qui du fonds de l'Arabie Heureuse comme quelques-uns le prétendent, ou de l'Ethiopie, comme d'autres le soutiennent, vint à Jérusalem, à dessein d'entendre & de voir le grand Salomon.

Cette disposition me détermina à consulter le Paraphraste Chaldéen à l'occasion de cette Reine de *Saba*, dont je n'ignorois pas qu'il eût amplement par-

lé. Mais quelle a été ma furprife! Au
lieu des éclairciffemens que j'y cherchois,
je n'ai trouvé, à peu de chofes près, que
ce qui eft marqué dans notre divin Alcoran. Cette découverte cependant m'a
dédommagé en quelque forte de ce que
je me promettois, par le plaifir qu'elle
m'a fait. Comme je ne doute point
qu'elle ne t'amufe, je vais t'en faire
part.

Il eft inutile de m'arrêter à te dire ce
qu'étoit le Roi Salomon. Tu es affez
inftruit pour que je puiffe me difpen-
fer d'entrer dans ce détail. La feule chofe dont je dois te prévenir, c'eft que le
Paraphrafte fuppofe, que ce Prince en-
tendoit parfaitement le langage de toutes fortes d'animaux. C'eft auffi, comme
tu le fçais, & que *Pfeiffer* l'obferve
dans fa Théologie Juive & Mahometa-
ne, ce que nous prétendons avec les
Juifs, du moins à l'égard des oifeaux,
de quelque efpece qu'ils foient. Cela pofé, voici ce que dit le Paraphrafte.
Quoique je ne m'attache pas fervilement
à le traduire mot à mot, fois bien af-
furé que je n'y ajouterai rien du mien.

Salomon ayant un jour invité à un

feſtin, des Rois ſes Vaſſaux, voulut leur
donner après le repas, un divertiſſement
qui annonçât en même tems & ſa puiſ-
fance & ſa ſcience. S'étant fait appor-
ter les inſtrumens, dont le Roi David ſon
pere ſe ſervoit, il donna ordre, que
tous les animaux ſauvages, les oiſeaux,
les reptiles, les démons, les génies, les
ſylphes &c. ſe rendiſſent dans la Cour de
ſon Palais, pour y danſer chacun à ſa fa-
çon. C'étoit un ſpectacle qu'il avoit
coutume de donner, toutes les fois qu'é-
gaïé par le vin il vouloit fêter ſes con-
vives. Tous ces baladins, s'il m'eſt permis
d'appeller ainſi ces danſeurs, avoient
leurs noms ; & lorſqu'ils étoient man-
dés, ils venoient d'eux-mêmes, ſans être
attachés ou enchainés, ni conduits par
aucun homme. Dans cette occaſion le
coq ſauvage, appellé par le Paraphraſ-
te *Tarnegol Bara*, & dans l'Alcoran ſacré *Houdhoud* * ne ſe trouva point, contre ſon ordinaire. L'Alcoran porte que
Salomon ayant aſſemblé à *Ouad Innaml*

* Les Latins ont connu cet oiſeau ſous le nom
d'*Upupa*, & les François lui donnent celui de *Huppe*,
ou *Puput*, les Italiens de *Bupa*, *Ulpega*, *Gallo del
paradiſo*, & les Eſpagnols d'*Abubella*.

c'eſt-à-dire dans la vallée des fourmis, ſon armée, qui étoit compoſée d'hommes, de génies, de démons & d'oiſeaux, il n'y vit point ſon *Houdhoud*. Ce Prince en fut d'autant plus ſurpris & inquiet, qu'il l'aimoit fort, & que c'étoit le chef de tous les oiſeaux. Il le fit chercher par tout ; mais ce fut inutilement, & Salomon entra dans une ſi grande colere, qu'il réſolut de le faire mourir.

Trois ou quatre jours après *Houd-houd*, ou *Tarnegol-Bara* reparut. On en donna auſſi-tôt avis au Roi ; qui le fit venir à l'inſtant, & qui lui demanda avec emportement, d'où il venoit, & qui lui avoit permis de s'abſenter ? Salomon le menaça même de mort, s'il ne juſtifioit ſur le champ ſa conduite.

Je te laiſſe à penſer, cher Zadé, quelle fut la crainte du pauvre *Tarnegol - Bara*. Il ſe proſterna promptement aux pieds du Roi, lui demanda grace, & le ſupplia de vouloir bien lui accorder un moment d'audience. Le Roi naturellement porté à la clémence, y conſentit, & le cocq ſauvage lui parla en ces termes.

» Jaloux, Sire, de Votre Grandeur, il

y a environ trois mois que je réfolus de
parcourir le monde, pour voir fi je ne dé-
couvrirois point quelque Pays, Provin-
ce, ou Royaume qui fût inconnu à Vo-
tre Majefté, & qui ne fût point foumis
à fes loix. Depuis que j'eus formé ce
projet, je ne pus ni manger ni boire,
jufqu'à ce que je l'euffe mis en exécu-
tion. Quelques jours après je pris mon
effor, je fendis les airs, traverfai les
mers & les montagnes, allant tantôt
d'un côté, tantôt d'un autre. Je voya-
geai très-long-tems fans rien trouver.
Accablé de laffitude, au défefpoir d'avoir
fait un voyage inutile, & de m'être ex-
pofé par un zéle indifcret, à la jufte co-
lere de Votre Majefté, je m'arrêtai en-
fin fur le fommet d'une haute montagne,
plutôt pour m'abandonner à la douleur
& au chagrin qui me dévoroit, que
pour y prendre du repos. Livré aux trif-
tes penfées qui fe prefenterent en foule
à mon imagination, & ne fçachant quel
parti prendre, ni par quelle route m'en
retourner, je méditois les moyens de
me donner la mort, lorfque je m'en-
tendis appeller par mon nom. Je jet-
tai par hazard les yeux vers une colline

» du côté de l'Orient, & j'apperçus un oi-
» feau de mon efpece, qui à travers les
» airs venoit me joindre. Ma furprife &
» ma joie furent extrêmes. A fon abord
» toutes mes idées lugubres fe diffipérent,
» & je fentis renaître mes efpérances.

» Lorfque ce coq fe fut repofé près de
» moi, je ne tardai pas à le reconnoître
» pour un confolateur que le Ciel m'en-
» voyoit. Touché de mon abattement,
» & de me voir plongé dans la triftefle
» & la douleur, il s'empreffa de me de-
» mander d'où j'étois, ce qui pouvoit m'a-
» voir amené dans ce pays, & quelle étoit
» la caufe de mon chagrin? Il accompagna
» fes queftions des plus grandes offres de
» fervices, me proteftant qu'il étoit en état
» de m'obliger, & que je pouvois compter
» aveuglément fur l'amitié qu'il avoit con-
» çue pour moi.

Admire ici, cher Zadé, la force de la
fympathie chez les animaux mêmes! Ces
coqs fe font à peine apperçus, qu'ils
fentent un doux penchant l'un pour l'autre. Ne doit-on pas convenir avec un
Sçavant Chrétien*, qu'il y a une fympa-

_____

* Saint Evremont.

thie fecrete, qui bien plus que l'eftime, forme la liaifon des cœurs.

Mais quelle eft cette fympathie? C'eft ce que je voudrois fçavoir ; c'eft ce que je n'ai encore pû apprendre de perfonne. Il faut avouer que nos connoiffances font bien bornées. Que cette ignorance me fait foupirer après ce féjour promis par le plus excellent des Prophetes, où nous jouirons du bonheur & des plaifirs les plus parfaits, & où les chofes les plus cachées feront tout-à-fait dévoilées à nos yeux ! Mais revenons à *Tarnegol-Bara.*

Encouragé, dit-il à Salomon, par les promeffes flateufes de ce généreux & nouvel ami, je ne héfitai point à fatisfaire à fes demandes. Je lui appris que j'étois de Jerufalem, Capitale de la Judée ; & comme il ne connoiffoit point ce pays, je lui en fis la défcription la plus exacte qu'il me fut poffible. Venant enfuite à lui parler de Votre Majefté, à qui j'ai l'honneur d'appartenir, je lui peignis avec les couleurs les plus vives & les plus naturelles, votre grandeur, votre prudence, votre fageffe, vos richeffes, votre beauté, votre fcience, & votre

,, puiſſance que vous étendez ſur tous les
,, Princes de la terre, qui ſe reconnoiſſent
,, vos Vaſſaux, & qui vous payent tribut,
,, comme à leur Suzerain. Après cela je
,, lui expoſai avec ſincérité le but de mon
,, voyage, & le ſujet de mon chagrin qui
,, me laiſſoit à peine l'uſage de la parole.
,, Je lui témoignai tout le regret d'avoir
,, échoué dans mon entrepriſe, & la juſte
,, crainte que j'avois de votre courroux,
,, pour être parti ſans la permiſſion de Vo-
,, tre Majeſté, ſans m'être ouvert à per-
,, ſonne ſur mon deſſein.

,,   Pendant tout le tems que je parlai, il
,, m'écouta avec tant d'attention, qu'il ne
,, déſſerra pas le bec : à peine ſe permet-
,, toit-il de reſpirer. Prenant enſuite la
,, parole, il commença par me témoigner
,, beaucoup d'étonnement de tout ce qu'il
,, venoit d'entendre ; mais il ajouta, que je
,, n'en aurois pas moins, quand il m'au-
,, roit donné les mêmes marques d'amitié
,, & de confiance.

,,   Il me dit enſuite qu'il étoit d'une
,, Province ſituée à l'Orient, dans l'Ethio-
,, pie, & d'une Ville appellée *Kitor*. Quel-
,, le peinture ne me fit-il pas de ce pays ?
,, C'étoit m'aſſura-t'il le plus beau climat

du

du monde. La terre l'emportoit en va- «
leur sur l'or & sur l'argent. Ces précieux «
métaux y étoient plus communs que la «
poussiere. Les arbres dattoient leurs an- «
nées de la création du monde. L'eau du «
Paradis terrestre étoit la seule qu'on y «
buvoit. Il y avoit dans cette contrée plu- «
sieurs Princes très puissants, & des Sei- «
gneurs de la plus haute & de la plus «
ancienne Noblesse. Dans tout le pays «
regnoit une paix si profonde, qu'on igno- «
roit absolument jusqu'à l'usage de la «
fléche, & même jusqu'au nom de la guer- «
re. Toute cette région enfin obéissoit à «
une Princesse appellée la Reine de *Saba*, «
qui étoit une des merveilles de la natu- «
re, pour la beauté, les graces, les char- «
mes, la sagesse, en un mot pour toutes «
les qualités de l'esprit & du corps ; en- «
forte qu'aucune autre ne pouvoit l'éga- «
ler en mérite, ni lui être comparée. Tel «
fut le tableau que mon Ethiopien aîlé «
me fit du séjour qu'il habitoit ; & pour «
me convaincre de la vérité de tout ce «
qu'il m'avoit avancé, il me proposa de «
le suivre. «

A cette invitation, continua *Tarnegol-* «
Bara, je me sentis transporté de joie, »

B

» & comme hors de moi. Flatté de m'affu-
» rer de tout ce que j'avois entendu , &
» de pouvoir en faire à Votre Majesté un
» récit détaillé & fidéle , je ne différai pas
» un moment à partir. Je m'élançai dans
» les airs avec mon conducteur , & nous
» arrivâmes bientôt dans le lieu où la Rei-
» ne faisoit sa résidence.

» 　Quelque prévenu que je fusse, la beau-
» té de cette Princesse me surprit à l'excès.
» J'en fus ébloui. La brillante Cour qui
» l'environnoit, ne me frapa guere moins.
» Quel faste , quelles richesses , quelle ma-
» gnificence ! J'avois peine à me persua-
» der ce que je voyois. Tout me paroissoit
« enchantement. Pressé cependant d'ap-
» porter ces nouvelles à Votre Majesté ,
» je me suis arraché à ce spectacle déli-
» cieux , & après avoir assuré mon ami de
» ma reconnoissance, je repris mon essor,
» & dirigeai mon vol vers ces lieux.

» 　A présent, s'il plaît au Roi mon Maî-
» tre , de me renvoyer dans cette région ,
» je ceindrai mes reins , je retournerai à
» la Ville de Kitor dans l'Ethiopie, j'y
» lierai la Reine avec des chaînes, & les
» Princes avec des cordes, & je les amene-
» rai à votre Majesté , s'ils refusent de

» lui payer le tribut & de se soumettre.

L'Alcoran qui n'entre point dans tout ce détail, rapporte, que *Houdhoud* dit à son retour au Roi Salomon, qu'il revenoit d'un Royaume inconnu jusqu'à lors, où regnoit une Princesse incomparable, qui de même que tout son peuple étoit idolâtre, & adoroit le Soleil, & qui avoit pour siége un Trône superbe. *Gelaleddin*, Interpréte de l'Alcoran, ajoute, que le trône avoit 40 coudées de haut sur 80 de long, & étoit d'or & d'argent, surmonté d'une Couronne enrichie de perles, de jaspe & d'émeraudes.

Ce pourroit être ici le lieu, mon cher Zadé, d'éxaminer si la Reine dont il est question, regnoit réellement sur l'Ethiopie, comme le Paraphraste le marque, ou dans l'Arabie Heureuse. Ce seroit toujours tirer quelque utilité de cette histoire que je t'envoye. Je n'ignore pas combien les sentimens sont partagés, à cause des deux Villes du nom de *Saba*, qui furent bâties, dit-on, l'une dans l'Arabie Heureuse, dont elle est la Capitale, par *Saba* fils de *Regma*; & l'autre dans l'Ethiopie, par *Saba* fils de *Chus*;

mais je ne fuis pas affez bon critique
pour ofer m'engager dans cette difcuf-
fion. Je me contenterai de t'expofer
dans la fuite mon opinion , & d'in-
finuer quelques-unes des raifons fur
lefquelles je la fonde , fans prétendre
cependant qu'elle doive prévaloir abfo-
lument fur l'autre , ni faire loi. Tu es
d'ailleurs à portée de confulter le dic-
tionnaire de la Bible, où j'ai vû ce point
traité au mot *Saba*. S'il ne l'éclaircit pas
parfaitement , tu y trouveras du moins
quelques notions qui te feront plaifir.
Tout ce que j'obferverai feulement, pour
étayer l'opinion du Paraphrafte, c'eft
que l'Empereur d'Ethiopie , connu fous
le nom de *Prete-Jean*, qui tient fon trône
dans l'Abiffinie, fe prétend de la race
de David par Salomon , comme je te
l'expliquerai ailleurs, & que les femmes
de qualité Abiffines fe vantent de defcendre de la Reine, qui fit le voyage de
Jerufalem pour voir Salomon. J'ajouterai encore avec le Pere *Kircher*, que les
Abiffins publient , que leur Reine reçut
en préfent du Roi Salomon les Livres
d'Enoch , & de Noë , celui d'Abraham dont Philon fait mention, & que

l'on nomme *Jetzira*, c'est-à-dire de la *Formation*, le testament des douze Patriarches, & un grand nombre d'autres ; & qu'ils les gardent tous dans la Bibliothéque du Monastère de Sainte Croix sur le mont *Amara*. En supposant que tout cela soit vrai, juge si le Paraphraste a eu raison, ou non, de placer cette Reine dans l'Ethiopie.

Je finis, parce que l'heure me presse. Dans la Lettre suivante je t'enverrai la continuation de l'histoire du Paraphraste. Communique ma Lettre au Chevalier notre ami commun. Assure-le que je conserverai toujours pour lui le plus parfait attachement. Engage-le d'ajouter quelque chose de sa main à tes Lettres. Ecris-moi souvent pour adoucir la peine que me cause notre séparation. Voyant les traits que ta main aura tracés, je m'imaginerai être avec toi, te parler & t'entendre. Douce illusion ! Que ne peut-elle se réaliser ! Pour quoi faut-il que l'intérêt personnel, le plus cruel ennemi des hommes, sépare ainsi deux amis qui ne souhaitent rien tant que d'être ensemble ! Adieu, cher Zadé, adieu.

LETTRE II.

AU MEME.

ON ne peut être plus sensible que je le suis, cher Zadé, au témoignage d'amitié que tu me donnes. Rien n'est si judicieux que tes réflexions sur la sympathie des deux coqs. J'espere que cette liaison, qui n'est chez eux qu'un effet de ce qu'on apppelle instinct, sera toujours dans nos cœurs l'ouvrage du sentiment. Je suis charmé que le commencement de l'histoire de la Reine de *Saba* ait piqué ta curiosité. L'empressement avec lequel tu parois en désirer la suite, me fait un plaisir inexprimable, & je suis trop porté à contribuer à tes amusemens, pour ne pas te satisfaire.

Le Roi Salomon pardonna facilement à son *Tarnegol - Bara*. Frappé du portrait qu'il lui avoit fait, des richesses & de la beauté de la Reine, que le Paraphraste appelle Reine de *Saba*, il ne s'occupa plus que des moyens de voir lui même cette Princeſſe, & de la rendre ſa vaſſale. Il fit aſſembler ſon Conſeil, & il y fut arrêté de lui écrire la Lettre ſuivante.

» Le Roi *Salomon* à la Reine de *Saba* » & à ſes Princes, Salut:

» Le très-Saint & très Bénit, nous » ayant donné tout pouvoir ſur tous » les animaux, & bêtes féroces, ſur les » oiſeaux des Cieux, ſur les démons, » les génies, les ſylphes, les gnomes &c. » tous les Rois d'Orient, d'Occident, » du Midy, & du Septentrion, qui » reconnoiſſent notre Puiſſance, nous » rendent les honneurs dus à notre di- » gnité, & ſont nos amis, nos alliés & » nos confédérés. Si vous voulez faire » comme eux, & venir nous rendre » hommage en perſonne, nous vous » recevrons avec tous les honneurs, & » tous les égards, que mérite votre haut » rang. Au contraire ſi vous refuſez de » prendre ce parti, nous vous décla- » rons, que nous vous enverrons chez » vous des légions d'animaux ſauvages,

» d'oiseaux des Cieux & de démons;
» pour vous étrangler, & faire leur pâ-
» ture de vos cadavres.

On attacha cette Lettre sous une des
aîles de *Tarnegol-Bara*, qui partit aus-
sitôt, joyeux d'être chargé de cette com-
mission. Il rassembla en route une trou-
pe nombreuse de toutes sortes d'oiseaux, & se rendit avec eux un matin
dans la Ville de *Kitor*, au moment que
le Soleil commençoit à répandre ses
rayons. Ce jour-là, la Reine étoit déja
sortie avec toute sa Cour, pour aller faire
au Soleil son adoration ordinaire. Mais
la quantité d'oiseaux qui avoient suivi
Tarnegol-Bara, obscurcit tellement l'astre du jour que l'on pouvoit à peine
distinguer les objets. La Reine fut si
fort effrayée de cette nouveauté, qu'elle porta ses mains tremblantes sur ses
habits, & mit en piéces ses vêtemens *.
Au même instant *Tarnegol-Bara* des-
cendit des airs, & s'arrêtant auprès d'elle, il leva l'aîle, & lui fit voir la Let-

* C'étoit l'usage chez les Orientaux de déchirer
leurs vêtemens dans les malheurs, ou dans des cas
extraordinaires. On en voit plusieurs exemples dans
les Livres Sacrés.

tre

tre qui y étoit cachée. La Reine fut ex-
trêmement surprise à cette vuë. Croyant
que c'étoit un messager de la prétenduë
Divinité qu'elle adoroit, elle prit la Lettre avec respect, & l'ouvrit; mais son
étonnement redoubla quand elle en eut
vû le contenu. Elle assembla sur le champ
son Conseil pour la lui communiquer.
Après que l'on en eut fait la lecture,
tous ses Ministres présomptueux dirent
d'une voix unanime, que l'on devoit
méprifer les menaces d'un Prince que
l'on ne connoissoit point, & lui répondre en conféquence; mais la Reine plus
prudente fut d'un avis différent. Comme son coq fauvage lui avoit rendu
compte de tout ce que *Tarnegol - Bara*
lui avoit dit de Salomon, (car le Paraphraste prête aussi à cette Princesse le
don d'entendre le langage des oiseaux),
elle avoit conçu un désir ardent de voir
& de connoître ce Roi. Elle décida d'envoyer de riches présens au Prince, &
donna ordre d'équipper une Flotte, de la
charger de parfums, d'aromates, de perles, de diamans & d'autres choses pré-
cieuses, & de faire embarquer 1000.
Esclaves de l'un & de l'autre sexe, suivant l'interpréte *Gelaleddin*, tous habil-

lés de même ; ou suivant le Paraprafte,
3000 jeunes garçons & autant de filles
d'une rare beauté, nés la même année,
le même mois, le même jour, & à la même heure, tous de la même taille & vêtus
de pourpre, d'une maniere uniforme. Parmi les presens, *Gelaleddin* met cinq cens
lingots d'or, une Couronne enrichie de
pierres précieufes, du mufc, de l'ambre
&c. La Reine joignit à tout cela, une
Lettre concuë en ces termes.

     »La Reine de *Saba* au Roi *Salomon*,
       » Salut :

    » Attendu qu'il faut fept ans pour
» aller de la Ville de Kitor à Jerufa-
» lem , nous vous prions de nous ac-
» corder le tems de faire cette route.
» Pour vous montrer cependant l'em-
» preffement que nous avons de vous
» voir, nous ferons enforte d'abréger
» ce terme, & de nous rendre auprès de
» vous dans trois ans. En attendant,
» agréez le prefent que nous vous en-
» voyons, comme un témoignage de no-
» tre fincere amitié.

    Dès que la Flotte fut en état, elle
mit à la voile. Elle arriva à bon port,

& le Roi Salomon reçut la Lettre &
les presens avec d'autant plus de plaisir, que c'étoit l'annonce de l'arrivée
prochaine de la Reine de *Saba*.

L'Alcoran Sacré est ici bien contraire
au Paraphraste. Tu dois sçavoir, en effet,
qu'on y lit, que Salomon renvoya les
Députés de cette Princesse, avec les presens, en disant, que les dons qu'il avoit
reçus du Très-Haut surpassoient toutes
leurs richesses, & qu'il alloit les suivre
avec ses armées. On y voit encore qu'un
des plus puissants entre les Génies de
l'armée de Salomon, s'étant enfoncé sous
terre, reparut bientôt après, avec le
trône de la Reine de *Saba*, qu'il posa
en presence de son Maître.

Quoi qu'il en soit, la Reine, que les
Interprêtes de l'Alcoran appellent *Balkis*, & l'Historien Joseph *Nicaulis*,
vint au bout de trois ans, comme elle
l'avoit mandé; & lorsque le Roi *Salomon* la sçut dans ses Etats, il envoya au-
devant d'elle, pour la recevoir, un de ses
Officiers nommé *Bañajas*. C'étoit un
jeune homme si beau, qu'il ressembloit
à l'Astre du matin, à l'Etoile de Venus,
qui est la plus brillante des planettes, &
à la Rose qui fleurit sur le bord d'un cou-
lant ruisseau.   C ij

La Reine n'eut pas plutôt apperçu ce Député, que le prenant pour le Roi même, elle defcendit de fon char. *Banajas* lui témoigna refpectueufement fa furprife ; & comme elle lui demanda s'il n'étoit pas le Roi *Salomon*, il lui dit, qu'il avoit feulement l'honneur d'être un de fes ferviteurs. Quand la Reine l'eut entendu, elle s'écria; Quoi ! eft-il poffible ...... fi on ne voit pas le lion, on voit fon portrait. Si vous ne voyez pas le Roi Salomon, admirez au moins la beauté de ceux qui font auprès de fa perfonne.

Elle remonta enfuite fur fon char, & l'on continua la route jufqu'au Palais du Roi, qui l'attendoit avec tout l'appareil de la Majefté, dans un appartement tout de glaces. Tu dois infailliblement avoir vû, dans notre Alcoran facré, que Salomon, ayant appris qu'elle avoit les pieds & les cuiffes velues, comme ceux d'un âne ; quoique le Paraphrafte dife feulement des pieds d'oye, avoit fait faire cet appartement, qui y eft traité de Palais, pour la recevoir, à deffein fans doute de s'affurer de la vérité du fait ; & que fous les glaces, ou criftaux tranfparans (pour parler comme lui,) étoit une eau courante, dans laquelle on avoit mis du poisson : le tout , afin de mieux tromper la Reine *Balkis.*

Cette ruse eut tout le succès que Salomon pouvoit en attendre. La Reine arrivée mit pied à terre, & fut conduite à l'Audience de ce Prince. Mais quelle fut sa surprise en entrant dans l'appartement ! N'ayant jamais vû de glaces, elle crut que c'étoit de l'eau ; & pour ne pas mouiller ses vêtemens, elle les leva, ensorte que Salomon put satisfaire pleinement sa curiosité.

Il nous est d'autant moins permis de révoquer en doute ce trait d'histoire, cher Zadé , qu'il est rapporté dans notre divin Alcoran , quoiqu'avec la différence que j'ai marquée à l'égard de certaines particularités : différence , à laquelle nous devons nous attacher par respect pour le Livre sacré où elle se trouve. L'Iman Chrétien, dont jai parlé dans ma précédente , en est aussi tellement persuadé , qu'il n'a pas manqué de la produire au nombre de ses excellentes preuves, que la Reine *Pédoc* étoit la Reine de *Saba* ; parce qu'il prétend, avec le Paraphraste, qu'on vit alors qu'elle avoit des pieds d'oye. Qu'il est triste pour nous que les pieds & les cuisses de

C iij

la Statue, qu'il a trouvée, n'ayent point annoncé le velu dont il eſt parlé dans notre adorable Alcoran! Il ſe ſeroit infailliblement étayé de ce Livre ſacré. Quel avantage n'en aurions-nous pas tiré, pour défendre la gloire de nos Surates adorables, qui quoique dictées par le Très-Haut, & apportées à notre Seigneur Mahomet par l'Ange Gabriel, ſont ſi fort décriées chez les Chrétiens! Je me rappellerai toujours avec douleur, d'avoir vû pendant mon ſéjour à Paris, un *Moulla* d'une de ces célebres Ecoles, fondées par les Empereurs des François, porter l'impiété juſqu'à faire lire à ſes diſciples ce Livre de Dieu, uniquement pour avoir occaſion de leur faire remarquer, & de relever tout ce qu'il oſoit y traiter d'erreur. C'eſt ainſi que les infidéles outragent le Livre des Livres, ils ne ceſſent d'inſulter à notre *Iſlam.* * Le tems cependant viendra, [ah! que n'eſt-il déja venu!] où le *Daggeal* ** étant détruit, & l'*Iſlam* établi ſur toute la ſurface de la terre, ces blaſ-

---

* Les Mahométans ſe ſervent de ce mot pour déſigner leur Religion.

** Par ce mot les Mahométans entendent un Anti-Mahomet, comme nous diſons l'Ante-Chriſt.

phemateurs fe repentiront de leur en-
durciffement & en fubiront la jufte
peine.

Après les premiers complimens de
part & d'autre, la Reine de *Saba*
voulant éprouver la fcience du Roi Salomon, lui dit : » J'ai trois énigmes à
» propofer à Votre Majefté. Si vous les
» expliquez, je vous reconnoîtrai pour
» le Sçavant par excellence ; mais fi elles
» paffent vos forces & vos lumieres, vous
êtes comme tous les autres hommes. »
Salomon lui prêta attention, & la
Reine lui fit les trois queftions fui-
vantes.

Premiere Queftion.

Quelle eft la pierre, qui tirée d'un puits
de bois, avec des fceaux de fer, fait fortir l'eau ?

Seconde Queftion.

Quelle eft la pouffiere qui fort de
la terre, qui fe nourrit de la pouffiere
de la terre, qui eft fluide comme l'eau,
& qui s'attache aux maifons ?

Troisiéme Question.

Quelle est la chose dans le monde, à laquelle la tempête passant par-dessus, fait faire un grand bruit & baisser la tête, comme au jonc, & qui fait la distinction des riches, l'humiliation des pauvres, l'ornement des morts, l'horreur des vivans, la joie des oiseaux, & le chagrin des poissons ?

Salomon sourit à ces trois questions, & répondit à la premiere, que c'étoit *l'Alcohal*, à la seconde le *Naphtha*, & à la troisiéme *le Lin*. Je te laisse, cher Zadé, le plaisir de faire l'application de ces choses; si tu n'y réussis pas, je te l'enverrai dans une de mes Lettres.

On s'accorde à dire, que la Reine de *Saba* resta environ un an auprès de Salomon, qui pour lui faire voir ses superbes bâtimens & ses grands desseins, la fit promener dans tous ses Etats. Elle devint aussi la femme de ce Prince, après que les Génies lui eurent enlevé avec de la chaux vive, suivant *Gelaleddin*, tout le poil de ses pieds & de ses cuisses. Quand elle fut instruite dans la Religion Juive, elle partit pour ses Etats,

étant enceinte ; & elle accoucha en route d'un fils, auquel on donna d'abord le
nom de *Menilek*, qui, en langue Ethio-
pienne, fignifie le fils du fage ; ou *Mei-
leck*, comme d'autre l'écrivent, c'eft-à-
dire *Roi par excellence*. C'eft de lui que
les Abiffins font defcendre en ligne directe & mafculine les Empereurs d'E-
thiopie leurs Souverains, qu'ils appellent tous *Prete-Jean*, que l'on dit * venir
du mot corrompu *Pharas-tu-jean* * * ;
c'eft-à-dire, *Lion fur cheval* ; tant à caufe
que cet Empereur prétend être au-deffus
de tous les autres Souverains d'Afrique,
comme le lion eft au-deffus de tous les
autres animaux, que parce qu'il dit
être forti de la tribu de *Juda* ; d'où
vient que les armes de ce Royaume font un lion avec cette devife : *Le
lion de la tribu de Juda a vaincu*. Un voïa-
geur * rapporte, que ce Prince demeure
toujours à la campagne, fous des pavil-
lons rangés comme une bonne Ville, &
qu'il ne mange jamais dans aucune

---

* Linfchot.
* * Quélques Auteurs prétendent que ce nom dérive de *Belul gian*, que *Belul* fignifie, précieux ; d'où
les Latins modernes ont fait *Pretiofus Joannes* & les
François *Prete-jean*.

* Vincent le Blanc.

vaiſſelle d'or ou d'argent, mais ſeulement dans du l'évaté, qui ne pouvant
ſouffrir de poiſon, ſe rompt auſſi-tôt
qu'on mêle celui-ci avec les viandes.

. Ces peuples, qui font faire à la Reine
de *Saba* le voyage de ſes Etats à Jéruſa-
lem par la mer rouge & l'Arabie, racontent, qu'arrivée auprès de Salomon,
elle engagea ce Prince à faire enlever
certaines piéces de bois, qu'elle avoit
trouvées à l'extrémité d'un lac, où elles
faiſoient une eſpece de pont ſur lequel
elle n'avoit pas voulu paſſer; diſant
comme par eſprit Prophetique, qu'elle
ne mettroit pas les pieds, ſur ce qui
devoit ſervir à la Paſſion du Rédempteur.
Si l'on en croit cependant un *Moulla*
Chretien, * elle vit, dans la Cour
de Salomon, ce bois que l'on avoit rebu-
té du bâtiment du Temple, & le Roi
le fit mettre à ſa priere, & ſur ce qu'elle lui dit de l'uſage auquel il étoit deſ-
tiné, dans un endroit où il reſta caché
juſqu'à la venue du Fils de *Marie.* C'eſt,
ajoute-t'on, une poutre formée de trois
ſortes de bois différents, qu'*Abraham*
avoit plantés enſemble, & qui n'avoient

---

* Sanctius, Commentaire ſur le Cantique des Can-
tiques

fait qu'un feul tronc. Que Dieu qui n'eft qu'un, te préferve de donner dans de pareilles erreurs ! J'attends, avec impatience, de tes nouvelles, avec la caiffe de livres que tu m'a promis. Notre Correfpondant à Marfeille doit t'expédier deux bouteilles de Baume de la Mecque, que je lui ai adreffées. Fais-en part au Chevalier notre ami.

LETTRE III.
AU MEME.

RIEN n'eft fi plaifant, cher Zadé, que ta difpute avec le Chevalier fur la Folie & la Raifon. L'extrait que tu m'en as envoyé, m'a fait beaucoup de plaifir. Tu as égaié la Raifon avec tant de délicateffe, le Chevalier a fait raifonner la Folie avec tant d'art, que je ferois fort embaraffé fi j'étois Juge. Cet ingénieux débat me rappelle le fameux Procès que l'Efprit* intenta jadis à la Folie & à l'Ignorance, & dont les Mémoires **nous

---

* Vrai-femblablement l'Auteur entend ici par le mot *Efprit* la raifon affaifonnée, ainfi que le fameux Rouffeau l'a défini.

** Livre *Mafchal Hakadmoni*, i. e. la fable ancienne

ont été conservés par les Hébreux. Ils m'ont paru interessants : tu pourras en juger par le précis que je t'envoye.

Pour exposer ses droits, l'Esprit étale toute son éloquence. La Folie, chargée par l'Ignorance, de la cause commune, déploye tous ses agrémens. L'un frappe, l'autre séduit. Mille subtilités de part & d'autre engagent les Ministres de Thémis dans un labyrinthe de raisons spécieuses, qui auroient éternisé la querelle, si pour rétablir la paix, Jupiter n'en eût pris connoissance. Il ordonne à Mercure de faire venir les parties. A l'instant le Messager fend les airs, & leur porte les ordres de son Maître. La Folie part avec sa compagne, prépare son plaidoyer en chemin, & arrive au Palais de Jupiter; mais l'Esprit ne s'y trouva point.

Dès que Jupiter les apperçut, il leur demanda le sujet de leurs dissentions avec l'Esprit. Seigneur, lui répondit respecteusement la Folie, nous vous demandons justice. Ce tyran veut usurper nos droits, & nous nous sommes liées pour les défendre. Vous lui avez assigné un Empire; l'ambitieux veut s'emparer du nôtre. Nous sommes persuadées que vous êtes trop équitable pour autorifer fes odieux complots. A quoi fert-il dans le monde ? A rendre malheureux ceux qu'il affujettit. C'eft un nouveau Titan, qui porte fes regards téméraires jufqu'aux pieds de votre Trône; qui a l'audace de méfurer l'immenfité de votre Royaume ; qui, par la vertu d'un verre & d'un compas, prétend pénétrer l'avenir, quoique la connoiffance vous en foit refervée ; qui travaille fans ceffe à changer la nature des chofes, à renverfer l'ordre que vous avez prefcrit, à analifer vos adorables deffeins. C'eft un féditieux, un traître, qui fe révolte contre la nature ; qui corrompt le cœur, & fçait embellir les vices qu'il enfante : il les décore de l'éclat des vertus. Par lui l'ambition paroît une noble émulation, la fourberie une gentilleffe, la fatyre un agrément; enfin il rend fes plus fidèles Sujets vicieux ou myfantropes. Les nôtres, au contraire, foumis à la nature, font toujours heureux. Par tout nous répandons la joie & l'abondance. Notre empire eft doux. Les plaifirs marchent à notre fuite ; & j'ofe même dire que l'amour fans nous ...... Qu'en penfez-vous, Seigneur Mercure ?

Si toutes ces raisons ne suffisent pas
pour assurer nos droits, entrons dans le
détail des malheurs que produit cet
usurpateur.

N'a-t'on pas vû un Empereur de la Chine, & un Roi de Perse faire égorger
tous les Sçavans renommés dans leurs
Etats ? Le Sçavant par excellence dit,
qu'un peu de folie vaut mieux que toutes les sciences du monde. En effet,
sans mon secours, un fameux Conqué-
rant n'auroit point échappé à la barba-
rie de ses persécuteurs. Je me rappelle
certaines histoires, qui confondront notre adversaire. Un peu d'atrention,
Seigneur, notre cause est gagnée.

Il y avoit jadis, dans une Ville de
Gréce, un celèbre Philosophe. Il étoit
aussi distingué par la pureté de ses
mœurs, que par l'étendue de ses lumiè-
res. Mais on ne vit pas de science : aussi
languissoit-il dans une misere affreuse,
Privé du nécessaire, chargé d'une nombreuse famille, accablé d'ennuis, son
unique consolation étoit l'espoir d'une
mort prochaine. Tout le monde le
fuyoit. Il étoit en proie aux railleries
les plus outrageantes. On lui refusoit
même ce que l'on prodigue à de vils

Animaux. La diette & les chagrins firent
ſur lui une impreſſion ſi forte , que les
chaleurs exceſſives qui ſurvinrent, lui
deſſecherent le cerveau. On le vit un jour
s'armer d'une quenouille , & courir les
rues dans l'équipage le plus groteſque.
Ses extravagances attirent la populace.
On le ſuit en foule , & chacun rit. Le
Roi le voit de ſon balcon , le fait appeller , & en eſt enchanté. Ses propos ſans
ſuite , ſes réponſes vagues , ſes grima-
ces, en un mot toutes ſes extravagances
l'amuſent. Il ordonne de l'habiller , de
lui donner un logement dans ſon Palais, & d'en avoir un ſoin particulier.
En peu de tems le fou devient favori du
Roi. Il eſt de toutes ſes parties , & toujours aſſis à ſes côtés. Qui fait rire , eſt
ſûr de plaire. Chacun s'empreſſe à lui
faire la cour. C'eſt par ſon canal qu'on
obtient les graces. Enfin il eſt comblé
de bienfaits & d'honneurs. Je ne doute
pas même qu'il n'eût été dans la ſuite un
des plus grands perſonnages du Royaume , ſi de trop promptes révolutions ne
l'euſſent replongé dans ſon premier état.
Les bons alimens lui rendent peu à peu
ſes forces. La chaleur ſe calme. La douce
influence de la nouvelle ſaiſon rétablit

ſon cerveau : le voilà métamorphoſé.
Surpris à ſon réveil de la ſplendeur des
lieux qu'il habite , de l'empreſſement
avec lequel on le ſert , de la magnifi-
cence des habits qu'on lui préſente : Où
ſuis-je ? s'écrie-t'il. D'où vient ce chan-
gement ? Eſt-ce une illuſion ?

Le Roi qui ce jour-la vouloit ſe promener, ſe leva plûtót qu'à l'ordinaire, & demanda ſon fou. On le fait venir, le Prince l'interroge ſuivant ſa coutume ſur des
choſes plaiſantes. Le Philoſophe répond
par ſentences: on rit d'abord, on regarde
ce trait comme un nouveau genre d'ex-
travagance;mais quel eſt enſuite l'étonnement du Roi,de n'entendre plus que
des maximes , des citations, en un mot
du bon ſens ! La morale ennuie. Elle
ne tarda pas à produire ſon effet.

Quelques flatteurs,ces fléaux des Etats,
repréſenterent auRoi , que la témérité
de cet inſolent méritoit punition; qu'il
avoit emprunté le maſque de la Folie
pour déguiſer ſes leçons, qu'il ne con-
venoit point à un vil ſujet de dogmati-
ſer avec ſon Maître, & que ſi Sa Majeſté
pardonnoit ſa criminelle audace , il
verroit bientôt tous ſes Sujets s'ériger
en cenſeurs. L'avis eſt écouté. Le pauvre
Philoſophe

Philosophe fustigé, deshabillé, chassé retourne dans sa maison, raconte à sa femme toutes ses aventures, & devient plus malheureux que jamais.

Cet exemple, Seigneur, prouve assez notre supériorité sur l'Esprit ; mais pour ne laisser aucun doute, permettez-moi d'en donner encore un. Le récit sera court.

Un Paysan avoit beaucoup de soye à vendre. Il demeuroit à quelques lieues d'une Ville, où se tient une Foire considérable par l'affluence des Etrangers. Il met toute sa soye dans un sac, & l'attache sur son âne, d'un seul côté. Voyant le sac toujours prêt à tomber, il s'imagina qu'il avoit besoin d'un contrepoids. Il en prend un autre, le remplit de cailloux, le lie de l'autre côté, & part. A peine eut-il fait une lieue, que son âne accablé sous le poids d'un fardeau trop pesant, s'abat. Le Conducteur embarassé essaie de le relever. Un Pédant passe, lui offre ses services ; & s'appercevant que l'un des deux sacs étoit plein de cailloux il fait un éclat de rire. Insensé que tu es, lui dit-il, tu veux donc écraser cet Animal ? A quoi servent ces cailloux ? N'aurois-tu pas mieux fait

D

de mettre toute ta foye fur le dos de
ton âne ? Tu aurois diminué la charge
de moitié. Ne connois-tu point les re-
gles de l'équilibre ? Je vais te les expli-
quer, & te prouver les effets par les
caufes. Il employe toutes les amphafes
du pédantifme. Le Payfan qui n'y com-
prenoit rien, lui demanda quelle étoit
fa profeffion. Je fuis Sçavant, lui ré-
pondit-il. Quoi vous êtes Sçavant ! Eh
vous paroiffez plus pauvre que moi !
Cela ne doit pas te furprendre, c'eft
notre étiquette *. Ma foi je ne veux pas
l'être, repliqua le Payfan, j'aime mieux
l'ignorance qui fait vivre, que la fcience qui fait mourir de faim; je ne veut
apprendre ni votre équilibre, ni tous
vos galimathias. Indigné de cette ré-
ponfe, le Pédant le quitte.

Le Payfan continue fa route, arrive
à la Ville, & va au Marché. Un Etran-
ger, Sujet de l'Efprit, efclave de fes
plus abfurdes chimeres, un de ces

---

* Le texte porte que la *pauvreté fied à un Sçavant, comme un harnois rouge à une jument-blanche.*
On n'a pas cru devoir le rendre litteralement.
Quoique la mifere foit l'appanage ordinaire de la
Science, on ne peut pas cependant dire qu'elle en foit
l'ornement, & l'on eft perfuadé que fes plus zelés
partifans ne refuferoient point un traité d'alliance
avec la fortune.

hommes finguliers, qui fe ruinent pour s'enrichir, enfin un Chimifte achette fa foye, & voyant cet autre fac, lui dit qu'il l'acheteroit auffi. Le Payfan lui répondit par un éclat de rire. Preffé cependant par le Chimifte il lui permit de le vifiter. Le Chimifte qui n'avoit jamais vû de pierres de cette efpece, les remua violemment, & fut furpris d'en voir fortir plufieurs étincelles. Il examina les cailloux, jugea les uns propres à être mis au creufet, & les autres à aiguifer les inftrumens tranchans. Il en demanda le prix. Le Payfan redoubla fes ris, & lui dit : Parbleu pour une paire de fouliers ils font à vous. Le Chimifte crut qu'il plaifantoit, & l'affura férieufement qu'il étoit difpofé à les acheter. Soit, repartit le Payfan. Donnez-m'en deux fois le prix de la foye. Le marché conclu, l'argent compté, le Payfan s'écria : Pefte foit du butor, qui vouloit me faire jetter ma meilleure marchandife ! J'aurois fait un beau coup fi j'avois fuivi fon confeil. Mon ignorance vaut mieux que toute fa fcience.

Je crois, Seigneur, que ces preuves authentiques & mille autres que nous pourrions produire, s'il étoit néceſſaire, juſtifient aſſez nos prétentions. Il faut que notre adverſaire ſe ſoit défié de ſa cauſe , puiſqu'il n'a point oſé paroître. Prononcez maintenant.

Elle dit ; & l'Eſprit fut condamné par défaut. Heureux s'il pouvoit en appeller!

Vrai-ſemblablement la Folie ignoroit l'hiſtoire d'*Abou-Zaïd*, fameux Poëte Arabe , qui doué des talens les plus rares, étoit obligé de mandier. Elle ne l'auroit point obmiſé. Je t'envoyerai quelques traits de ſa vie rapportés par *Hariri.* Le Chevalier a tort de penſer que l'Arabie n'a produit que des Barbares. Je te donnerai une idée des Arabes anciens & modernes ; & je me flatte qu'il ne ſera pas difficile de détruire la mauvaiſe opinion qu'il en a. Quoique ce préjugé ait pris racine dans pluſieurs Pays, je crois que l'entêtement ne l'emportera point ſur les preuves.

A propos, j'oublios de te dire qu'il eſt arrivé ici du fond de la Tartarie un Philoſophe d'une eſpece rare. Il prétend que les Sciences & les beaux Arts ſont moins avantageux que préjudiciables ; que c'eſt au tribunal de ſa Philoſophie qu'ils doivent être jugés en dernier reſ-

fort ; qu'un Poëte n'eft pas fait pour décider de la Poéfie , ni un Muficien de la
Mufique ; que l'une & l'autre ne peuvent exifter que dans un feul Pays, parce
que fa langue eft la feule qui puiffe leur
être propre ; que leur exiftence dépen-
dant des mots, & non des chofes, l'efprit
dépend du langage ; que les autres Peuples fe vantent mal à-propos d'avoir four-
ni de grands hommes dans l'un & dans
l'autre genre, & que les fuffrages qu'on
leur a prodigués font les effets de l'ignorance. Pour appuyer ces excellens prin-
cipes, il avoue humblement, qu'il craint
que fon plus grand tort ne foit d'avoir
raifon, & qu'il eft sûr que celui-là ne
lui fera jamais pardonné. Il réunit toutes les qualités d'un génie plus qu'hu-
main. Il eft Poëte, Muficien, Philofo-
phe, & Critique. Pourrois-tu t'imagi-
ner que dans le Pays des vrais croyans,
où le bon fens femble s'être refugié,
on foit affez injufte pour le regarder
comme un bizarre affemblage des ridi-
cules des quatre ? Que l'on compare
fon difcernement à la dent d'or de cet
enfant de Silefie, qui parut d'abord un
phénomene ? On fait plus : comme
il montre beaucoup d'infenfibilité aux

complimens, qu'il reçoit de certains
esprits échappés à la contagion du mauvais goût, on regarde sa modestie
comme un rafinement d'amour propre.
On porte l'entêtement au point de dire,
qu'il bâtit ses systêmes sur un nouveau
plan de causticité, qui fait son principal mérite; & que si on lui ôtoit la
bonne opinion de lui-même, & le mé-
pris d'autrui, il ne resteroit qu'un sque-
lette ambulant. Enfin, ce préjugé est
si enraciné, que sans un miracle de notre divin Prophète, je doute qu'on
puisse le détruire. N'admireroit-on pas
en France un génie si rare? Je fus l'autre
jour témoin d'une scene qui me péné-
tra. Cet illustre Tartare se trouva avec
un jeune Persan que j'aurois pris pour
un de ces jolis Papillons, échappé du
Pays de la Frivolité, s'il n'eût été distingué par le turban. Il déploya toute son
éloquence. Le Persan ne lui répondit
que par des railleries, ingénieuses à la vérité. Il lui fit parcourir rapidement tous
les étages du Parnasse, le conduisit dans
les antres de la Philosophie, & l'engagea dans le labyrinthe de la Musique,
où il jugea à propos de le laisser après
mille plaisanteries, que bien des gens

prennent pour morales. Depuis ce tems,
le pauvre Tartare a beau crier, à peine
l'écoute-t-on. Il répand tous les jours
des écrits admirables, & j'entens dire
par tout :

Sunt verba & voces prætereàque nihil.
J'en suis désespéré.

J'ai reçû de mon Correspondant de
Chine une caisse de livres, parmi lesquels j'ai trouvé un manuscrit qui m'a
paru singulier. C'est une espece de con-
te mis en scènes, sans ordre, & en prose
mal rimée, sous le nom de Drame. On
m'a assuré qu'elle avoit eu des admira-
teurs. Tant pis pour eux. Au reste, on
ne doit blâmer personne. Les suffrages
font libres, & chacun peut avoir ses raisons. Il me conviendroit peu de les ap-
profondir ; mais je suis obligé de te dire
pour l'honneur de la Nation, que les con-
noisseurs n'ont point été de leur parti.

Ce Drame est intitulée *Sopar*. Comme ce mot signifie en langue Hé-
braïque *Cor* ou *Cornet* ; & que ces
instrumens font plus de bruit que les
sifflets, juge des plaisanteries que le
titre a occasionnées. D'autres prétendent

qu'il dérive de *Sopourigi*, qui , comme tu sçais, signifie en langue Turque *Ramonneur* ; parce que , difent-ils, ce *Sopar* eft tombé des nuës par une cheminée. Il eft vrai qu'on ignore fon origine ; mais n'importe. Toutes ces fades épigrammes caractérifent la frivolité. D'ailleurs la derniere n'eft pas nouvelle, & je me fouviens de l'avoir entendue en France, au fujet d'une piece intéreffante, quoique défectueufe.

Un Enfant changé dans le berceau ; un Roi imbécile par excès de bonté ; une Princeffe inconnüe , que le Nil débordé a apportée fur le rivage ; un jeune Fanfaron , fans caractere déterminé ; un Miniftre fcélérat par ambition , & qui fe tue par défefpoir ; fon Confident qui fe livre aux forfaits pour avoir l'honneur de la converfion ; un Fils retrouvé : des Nôces manquées : Voilà l'efquife du roman. La plume de l'Auteur paroît avoir autant de vertu que la baguette des Fées. Je crois qu'il fçait un peu la langue Françoife, car il m'a femblé reconnoître plufieurs traits de différens Auteurs de cette Nation , un peu défigurés à la vérité, & affez mal coufüs.

A'près

Après cela je ne désespere point de voir un jour *dramatiser* en Chine, ce qu'en France on appelle vulgairement la Bibliothèque bleue. Il ne faut pas cependant juger du génie Chinois par cet échantillon. Je compte te faire part incessament de certains morceaux qui m'ont amusé; je commence par le plus ridicule, afin de te faire mieux goûter la bonté des autres. Peut-être me reprocheras-tu de m'être occupé à la lecture de cette historiette : tu es sans doute excedé de ces sortes d'ouvrages; mais j'ai pour principe de m'amuser de tout. D'ailleurs il est des plaisirs de mode auxquels le bon sens est quelquefois obligé de se sacrifier. Adieu, cher Zadé, conserve moi ton amitié, & assure le Chevalier de la mienne. Tu lui communiqueras ma lettre, si tu la crois digne de son attention,

---

LETTRE IV.

AU MEME.

JE t'ai dit dans une de mes Lettres, que, suivant les Abissins, les Empereurs d'Ethiopie qui prennent tous le

E

noms de *Prete-Jean*, comme les Empereurs Romains prenoient celui de *Cesar*,
& les Rois d'Egypte celui de *Pharaon*,
descendoient en ligne directe & mascu-
line, de *Menilek* fils du Roi *Salomon*,
& de la Reine appellée communément
la Reine de *Saba* ; à present, je vais te
marquer de quelle maniere ils racontent
que ce Prince monta sur le trône, & for-
ma son Empire. J'ajouterai seulement,
sur plusieurs points, quelques réflexions
critiques, autant que mes foibles lumiéres me le permettront.

Menilek parvenu à un certain âge,
fut envoyé par sa mere à Salomon son
Pere, pour être Sacré, devant le Sanc-
tuaire du Tabernacle, Roi d'Ethiopie.
On lui trouva alors tant de ressemblance avec Salomon, qu'on le nomma
Ebnaken, c. à. d. semblable au Pere.
Salomon le reconnut à ses traits pour
son fils, & lui fit l'accueil le plus gra-
cieux. Il consentit à sa demande, &
aux désirs de la Reine de *Saba*, & lui
fit prendre, au moment de son Sacre, le
nom de David son ayeul.

Lorsque le jeune David fut parfaitement instruit dans la Loi de Dieu, Salomon le renvoya à la Reine sa mere
avec un cortége digne de sa Majesté ; il
lui fit une Maison dans le goût de la

sienne, lui donna des Officiers tirés des douze Tributs, & pour Grand Prêtre *Azarias* fils de *Sadoch* qui l'étoit du Temple de Jérusalem. C'est de ceux-ci disent les Abissins que descendent les Officiers, dont les Empereurs d'Ethiopie se servent aujourd'hui sans pouvoir en employer d'autres, pour le gouvernement de leur Maison & du Royaume. Ils ont toujours succedé, & succedent de pere en fils, chacun dans la même charge & la même dignité que ses Ancêtres.

Avant que de partir, *Azarias* obtint, (toujours suivant les Abissins,) par l'entremise de David, la permission d'entrer dans le Saint des Saints, sous prétexte d'y prier & d'y sacrifier, pour un heureux voyage. Dans cette occasion il vola les Tables de la Loi, & en substitua d'autres, toutes semblables, qu'il tenoit prêtes; il n'en dit rien au Roi David que sur les confins de l'Ethiopie. Le jeune Prince, transporté de joie à cette nouvelle, courut à la tente d'*Azarias*, & montrant le même zéle que son ayeul, il fit tirer les Tables de l'endroit où elles étoient, & se mit à danser devant elles, & à chanter les louanges du Seigneur. Tous les gens de sa suite en firent autant à son exemple.

Quelque refpect que j'aye pour les traditions, je crois que ce vol peut être révoqué en doute; parce qu'*Azarias* a bien pu le fuppofer, pour exciter le zele & la ferveur du Roi David, & des autres Juifs profélites; faciliter la converfion des autres idolâtres, & affurer l'établiflement du Judaïfme dans cette région. Quel eft le pays où quelques vues particulieres femblables, à celle-cy, ou même moins importantes, n'ont pas porté à fe fervir de pareils ftratagêmes.

David étant de retour auprès de fa mere, les Abiffins difent que cette Princeffe fe dépouilla en fa faveur de la Souveraineté, & lui remit fa Couronne. Il paroît cependant plus probable qu'elle lui céda feulement une partie de fes Etats, avec les conquêtes qu'il pourroit faire. Cette préfomption eft fondée fur l'ufage de certains peuples d'Ethiopie, qui l'ont probablement eue pour Reine, de mettre toujours des femmes fur leur trône, à l'exclufion des hommes. Mais avant que de traiter ce point, tâchons de découvrir fi le nom de *Saba* étoit, ou non, celui de fon Royaume. Cela nous y conduira infenfiblement.

Depuis long-tems on cherche le lieu où étoit la Ville de *Saba*, que l'on fe per-

suade avoir été la Capitale d'un Royaume de même nom dans l'Ethiopie ; &
quelques perquisitions que les Geogra-
phes ayent fait, ils n'ont encore pu rien
fixer ; ils la supposent seulement (sans
nulle autorité, dont j'aye du moins connoissance) la Capitale de l'Isle que nous
appellons à present *Meroë* ; & ils veulent qu'elle ait pris aussi ce dernier nom ;
ensorte que suivant un calcul de raison-
nement fait par un Geographe moder-
ne *, elle devoit être à quinze degrez
& demi de l'Equateur. Au défaut de lumiéres positives, je crois qu'il m'est
permis d'avoir recours, comme ils ont
fait, à des conjectures. Les miennes seront étayées surtout de la tradition cons-
tante des Abissins, & souvent de l'autorité de quelques Ecrivains de poids.

Ptolomée met à douze degrés & demi de hauteur, une Ville dont il ne
reste plus aujourd'hui de vestiges. Les
Abissins assurent, qu'elle fut bâtie sur le
même Port de la Mer rouge, où la
mere de leur Roi David, s'embarqua
pour aller à Jerusalem, & qu'en mémoire de cette Princesse, elle prit le nom
de *Saba*. Jean de *Barros*, le Titelive des

* Monsieur de Lisle.
** Dans son Asie, decade 3. liv. 4. chap. 2.

Portugais, se persuade**, que c'est la même dont je viens de marquer la position
d'après *Ptolomée*. Il dit aussi qu'il y a
encore une Province, qui en conserve le
nom, dans celui de *Sabay*, qu'elle porte.

Suivant cette tradition des Abissins,
il est sûr que ce n'étoit point de cette
Ville que la Reine dont il est ici question prenoit sa dénomination ; parce
qu'elle ne pouvoit pas s'intituler, de ce
qui n'éxistoit pas encore. Il semble au
contraire, que *Saba* devoit être le nom
propre de cette Princesse, puisque ce
fut d'elle que la Ville emprunta le sien.
Si l'on admettroit une fois cette opinion,
qui ne me paroît pas si fort à rejetter,
il ne resteroit plus guere de difficulté.
On pourroit en effet supposer, que la
Sarbo des Abissins, est l'Isle de *Méroë*
située sur le Nil, laquelle fait depuis
long-tems l'objet des recherches des
Sçavans ; que la Ville de *Saba*, qui
étoit vis-à-vis, lui avoit communiqué
son nom à la faveur du voisinage ; &
que *Cambise* Roi de Perse, ayant donné
celui de *Méroë* à cette place, après l'a-
voir conquise, ou plutôt à une Ville
qu'il bâtit dans l'Isle, celle-ci le
prit aussi. Mais que les Abissins, hon-
teux de trouver dans ce dernier nom un
deshonneur pour eux, s'efforcerent de

conserver celui de *Saba* ; lequel s'est
changé avec le tems , & par une légere
corruption en celui de *Sarbo* , qui à la
fin à prévalu chez ces peuples. Le Sçavant Bochard * semble favoriser ces conjectures ; (lorsqu'il dit que les mots *Sa-*
ba , *Sabas* , *Saboé* , ou *Sabo* viennent de
l'Hébreu *Saba*). On peut aussi dire que
Saboy & *Sarbo* dérivent du même mot.

On pourroit, à la vérité, objecter que
Joseph appelle *Nicaulis*, la Princesse qui
alla d'Ethiopie voir le Roi Salomon ;
d'où il suit, qu'elle ne se nommoit point
Saba. Mais à cela ne pourroit-on pas
répondre, que rien n'empêche de croire,
qu'elle avoit deux noms ? Les Abissins
ne prouvent-ils pas eux-mêmes, que les
deux noms pour leur Reine, n'avoient
rien de contraire à leur usage ? Ne di-
sent-ils pas, que celle qui embrassa la
première le Christianisme , avoit ceux
de *Judith* & de *Candace* ; & que pour
conserver le souvenir de cette Princesse , plusieurs de celles qui lui ont succédé ont pris le dernier. ** *Nicaulis* pouvoit donc avoir aussi celui de *Saba* ;
peut-être même celui-ci étoit-il commun

---

* Dans la III. Géographie Sacrée. l. 2. ch. 26.
** Alexander ab Alexandro, dans son livre *de*
Dierum Genialium.

à toutes les Reines, comme dans la suite
des tems, celui de *Candace* le leur est
presque devenu. On sçait que les Abissins sont sortis de l'Arabie heureuse,
& faisoient partie des *Sabéens*, dont ils
étoient distingués par le nom d'Homerites. * Le grand rapport de leur langue
avec celle des Arabes, plusieurs coutumes
qui leur sont communes avec ce peuple, & la ressemblance qu'ils ont en
quelque sorte avec eux pour le corps
& pour l'esprit, semblent être des
preuves de leur migration. Tous les
Arabes, à la vérité, veulent que la Reine
qui visita le Roi Salomon, fût de la race des *Homerites*. Mais pourquoi ne
pourroit-on pas la croire de celle des
Sabéens, puisque les uns & les autres
étoient confondus ensemble, & ne faisoient qu'un seul & même peuple ?
Tant qu'on ne fournira point de preuves convainquantes du contraire, il sera toujours libre de le penser. Il pourroit donc bien se faire, que cette Princesse fût issuë du sang de *Saba*, fils de
Regma, & fondateur du Royaume des
Sabéens, avec lesquels les *Homerites* se
sont trouvés confondus, dans la suite des
tems; & que ceux-cy fussent passés de

* Ludolf. l. 1. de l'Histoire d'Éthiopie.

l'Arabie heureuse dans l'Ethiopie, sous la conduite d'une Princesse *Sabéenne*, qu'ils reconnurent pour leur Souveraine. En ce cas, il n'y auroit rien d'étonnant, qu'en mémoire de cette premiere Reine, toutes les autres qui lui ont succédé, du moins jusqu'à *Nicaulis* inclusivement, eussent joint à leur nom propre, celui de *Saba*, comme pour annoncer & leur souche & leur dignité. On trouveroit aussi, à la faveur de cette supposition, l'origine de l'ancien usage de ces peuples, de ne mettre sur leur trône, que des femmes à l'exclusion des hommes.

Il reste cependant à détruire, une puissante présomption, en faveur de la haute antiquité de la Ville de *Saba*, que mes conjectures veulent affoiblir. Moïse qui vint au monde 1571 ans avant le fils de Marie, & 538 ans avant Salomon, alla, suivant l'Histoirien Joseph, & *Usèbe*, par ordre de *Pharaon* Roi d'Egypte, faite la guerre aux Ethiopiens : & les ayant poussés jusqu'à la Ville de *Saba*, il prit cette place, par la trahison de *Tharsis*, fille du Roi d'Ethiopie, qui, devenue amoureuse de lui, promit de l'épouser, & le fit. Ce trait d'histoire, auroit assurément bien de la force, s'il étoit véritable, & bien constaté ; mais il est

si fort éloigné de l'authenticité requise
pour être crû aveuglément, que *Theo-*
dore & beaucoup d'autres Ecrivains
d'un grand poids, le révoquent en
doute. Je puis donc, sans crainte, tenir
pour la négative, & dire, à l'égard des
Historiens qui le rapportent; qu'ayant
été bien postérieurs à la Reine *Nicaulis*,
il n'est pas étonnant qu'ils ayent eu connoissance de la *Saba*, qui fut bâtie sous
le regne de cette Princesse; & que ra-
contant des exploits fabuleux de Moïse,
en Ethiopie, ils parlent de cette Ville
comme d'une place importante, &
qu'ils croyoient bien plus ancienne.

Pour ce qui est de la *Saba*, que plusieurs veulent avoir été fondée & bâtie
en Ethiopie; même dans une Isle qui en
portoit le nom, & qui présentement a
celui de *Méroë*, par *Saba* fils de *Chus*;
comme j'ignore quels sont les fonde-
mens solides de cette opinion; & que
le nom de *Sabéens* donné par quelques-
uns aux Abissins, ne peut servir à l'é-
tayer pour les raisons alleguées préce-
demment, lesquelles font croire que
par les Sabéens, l'on n'entend ici que
les *Homerites*, qui en faisoient partie;
je me persuade qu'il m'est aussi permis
de la rejetter, qu'il l'a été à d'autres de

l'introduire. Quelle néceſſité en effet
de ſuppoſer cette Ville, pour juſtifier
l'origine & le nom d'un Peuple, quand
on tire d'ailleurs ces connoiſſances? Au
ſurplus, ceux qui parlent de cette *Saba*,
& qui la font la Capitale d'une Iſle, diſent que Cambiſe Roi de Perſe, l'ayant
priſe, lui donna, & à l'Iſle, le nom de
Meroë; en l'honneur, ſuivant les uns de
ſa mere, ou ſelon d'autres de ſa ſœur,
qui le portoit. Mais ces faits ſont encore démentis par deux célebres Ecrivains. On apprend de *Lucius Ampelius*
* & de *Diodore* ** *de Sicile*, que ce ne
fut point une place conquiſe, que Cambiſe nomma ainſi; mais une Ville dont
il fut lui-même le fondateur dans cette
Iſle. Il ſuit donc de-là, que la *Saba* de
l'Iſle de Meroé, n'a exiſté que dans l'i-
magination de ceux qui en ont parlé.

Que tout ce que je te dis ici, mon
cher Zadé, ne ſoit pas cependant
pour toi une déciſion irrévocable : je
t'ai déja prévenu, & tu peux le ſçavoir,
que je ne ſuis pas un excellent Critique.
L'envie de concilier pluſieurs choſes,
me fait imiter le Jardinier, qui pour

---

* Chap. de Cambiſe ſous le titre de Roi de Perſe.
** Liv. II. page 20.

faire porter du bon fruit à un arbriſſeau
ſauvage ; le greffe, après en avoir ôté
toutes les branches, & tous les rejettons,
qui pourroient lui être contraires. C'eſt
donc un nouveau ſyſtême que je me
ſuis fait ; & ſi je te l'envoye, c'eſt que
j'aime à te rendre le dépoſitaire de toutes mes penſées. Au reſte tu es la ſource
des ſciences, & tu peux compter que je
te ſçaurai gré, de le communiquer au
Chevalier & à quelques-uns de ces
grands hommes qui ſont en France, &
de m'envoyer leurs avis. En attendant,
je continue.

Soit que *Saba* fût, comme je me le
perſuade, un nom propre de la Reine
qui alla voir Salomon ; ſoit que c'en fut
un conſacré à ſa dignité ; *Joſeph* qui n'appelle cette Princeſſe que *Nicaulis*, l'in-
titule auſſi Reine d'Egypte & d'Ethiopie ; mais *Joſeph* ſe trompe encore dans
les titres. Il eſt ſûr en effet que *Nicaulis*
n'étoit Reine, ni de l'une, ni de l'autre
de ces deux regions.

Le Trône d'Egypte étoit alors occup-
pé, comme on le ſçait, par *Pharaon*, beau-
pere de Salomon. Si *Nicaulis* en avoit
été la Souveraine, il eſt probable
qu'elle auroit fait par-là ſa route à Jé-
ruſalem, qui en étoit très-proché,

plûtôt que par la Mer rouge , & par l'A-
rabie déferte : c'eſt cependant , dit *Jean
de Barros* , parce qu'elle a pris cette derniere que l'Ecriture l'appelle Reine du
Midy. * Ce qui l'a fait croire à quelques
Commentateurs Reine des Sabéens dans
l'Arabie Heureuſe, faute d'avoir fait attention , que ſi les Rois d'Egypte ſont
appellés par Daniel, dans ſes Prophéties,
Rois du Midy , l'Ecriture a bien pû encore déſigner de la même maniere la
Reine *Nicaulis.* Peut-être découvri-
rons-nous plus bas , ce qui a pû lui faire
donner le titre de Reine d'Egypte.

Il eſt pareillement conſtant , qu'elle
n'étoit pas Reine de toute l'Ethiopie ;
les conquêtes du Roi David ſon Fils en
font une preuve, ſuivant les Abiſſins.
Ce Prince commença à ſubjuguer les
Peuples Idolâtres ſes voiſins, & après
lui , ſes ſucceſſeurs ſuivirent ſon exemple ; d'où vient que les Souverains
de tous les Etats , ainſi réduits par
la voie des armes , dépendent tellement aujourd'hui du *Prete-Jean* ; que
perſonne , juſqu'à leurs propres deſcen-
dans , ne peuvent leur ſucceder que
par ſa conceſſion , & avec ſon agrément.

* Saint Mathieu chap. XII. v.42. & Saint Luc, chap.
XI, v. 31.

Il n'y a que le Royaume de *Dambea*, qui quoique son tributaire, soit héditaire, & dont *Prete-Jean* ne puisse déposer le Roi ; privilege qui lui fut accordé en considération de ce que son Souverain se rendit Vassal du Roi David, sans attendre d'y être contraint par la force. De tout ceci on peut conclure que David & sa mere ne regnoient point sur toute l'Ethiopie ; cependant l'Historien *Joseph* donne à celle-ci le titre de Reine d'Ethiopie & d'Egypte. Quelles raisons ont donc pû l'y engager ? C'est ce que je vais tâcher de développer.

Le nom d'Ethiopie, dit *Jean de Barros* *, est non-seulement commun aux deux Regions Orientale & Occidentale, auxquelles les Cosmographes l'ont donné ; mais à une Ville située proche de l'Isle de *Méroé* dans une Province à l'Orient de cette Isle, tirant un peu vers le Sud, appellée *Tigray** par les Abissins, & *Tenesis* par Strabon, & que l'on sçait être gouvernée par des femmes avec le titre de Reine. Strabon met cette Province au-dessus du Port de *Saba* & de la Maison des *Elephans*, ainsi nommée

*Decade IIII. liv. 4. chap. 2.
** Il est cohnu des François sur le nom de *Tigre*.

à cause de l'usage auquel elle servoit.
Mais où étoit assise cette Ville d'Ethiopie? Qu'est-elle devenue? Quel Ecrivain en fait mention, excepté *Jean de Barros*? Où a-t-il lui-même puisé ce qu'il en dit? Je t'avoue que c'est ce que j'ignore absolument; en attendant que quelqu'un daigne m'en instruire, je croirai plus volontiers que quand *Joseph* qualifie *Nicaulis* de Reine d'Ethiopie; il n'a prétendu rien autre chose, si ce n'est d'annoncer, quelle regnoit sur des Peuples établis dans cette Région, & qu'il a employé le nom générique au lieu du particulier, pour faire plus d'honneur à cette Princesse & à Salomon même.

C'est aussi dans la même Province de *Tigray*, ou *Tenesis*, que se retirerent les Proscrits par *Psammitichus* Roi d'Egypte, auxquels Strabon donne pour cette raison le nom de *Sebrites* (*Sebritæ*); c'est-à-dire, Etrangers. Ne seroit-ce pas à l'occasion de ces réfugiés que *Joseph* auroit donné à la Reine *Nicaulis* le titre de Reine d'Egypte; comme pour dire, Reine des Egyptiens transfuges dans ses Etats? Le nom d'étrangers que ceux-ci portoient, semble favoriser cette opinion : on voit par-là qu'ils étoient diftingués des naturels du pays ; & il eſt très-facile , de croire que pour annoncer ſur eux leur domination , les Reines de cette région s'intituloient Reines d'Egypte , au lieu de Reines d'Egyptiens ou d'étrangers , d'autant plus que cela donnoit plus de relief à leur puiſſance.

Mais quelles que puiſſent être les raiſons qui ont porté l'Hiſtorien *Joſeph* à intituler *Nicaulis* Reine d'Ethiopie & d'Egypte , il paroît que c'étoit probablement dans le Royaume de *Tigray* qu'étoit le ſiége de ſon Empire, *Jean de Barros* obſerve qu'il étoit d'uſage, chez les peuples de cette région, d'avoir des femmes ſur leur trône, & que l'iſle de *Méroë* étoit ſous leur domination. Cet uſage s'eſt tellement perpétué chez eux, qu'en 1519. ils avoient encore pour Reine une Princeſſe nommée *Gava* , dans le tems que le Portugais *Die-lopes de Sequeira* envoya du Port d'*Arquiço* une Ambaſſade au *Prete-Jean*. Je dis que *Gava* étoit leur Reine , parce que je me perſuade que la Province appellée *Noban* par les Abiſſins, & ſur laquelle elle regnoit, faiſoit partie du Royaume de *Tigray*. Je le crois d'autant plus que *Jean de*
Barros

Barros, * qui la nomme *Nobie*, la met
fur les confins de ce Royaume, & feulement comme une des Provinces qui
formoient les Etats de la Reine *Gava.*
D'ailleurs, parlant de l'Eunuque de la
Reine *Candace*, que le Diacre Philip-
pe baptifa, les Abiffins affurent qu'il
ne convertit pas feulement le Royaume
Tigray, mais d'autres Provinces voi-
fines. On peut facilement préfumer que
la *Nobie* en fut du nombre, puifqu'elle
eft fur les confins de ce Royaume ; &
qu'on fçait, à n'en pas douter, que la
Religion Chretienne y a fleuri anciennement.

En effet les Portugais qui furent en-
voyés en quinze cent dix-neuf à la Cour
de *Prete-Jean*, virent dans cette Province quantité d'Eglifes Chretiennes
ruinées par les Mores, & des images
des Saints peintes fur les murs. *Candace* devoit par conféquent être Reine
de *Tigray* & de *Nobie* ; & comme l'on
peut facilement, fuppofer que *Gava* fut
de celles qui lui fuccederent avec e
tems ; on peut conclure que cette derniere regnoit, non feulement fur la *Nobie*, mais fur *Tigray* ; puifque l'Ifle de
Méroë étoit comprife dans les Etats dé-

* Decade IV. liv. 4. chap. 2.

E

pendans de *Gava*, & que les Abiſſins
ne diſent pas, qu'elle ait jamais été conquiſe par aucune Puiſſance de leur
Pays. La Reine *Candace* a dû pareillement en être Souveraine. Ceci ſuit encore de ce que *Pline* dit que l'Iſle de
Méroë a eu anciennement pour Reine
une Princeſſe appellée *Candace*, dont le
nom a paſſé durant nombre d'années à
d'autres Reines. *Nicaulis* a regné ſur
cette Iſle de même que *Candace* & *Gava*; ces deux-ci ont donc occupé le
même trône qu'elle a rempli : on n'apprend point des Abiſſins qu'aucune
Reine depuis elle, ait fait des conquêtes ; elle étoit par conſéquent Reine de
Tigray & de *Nobie*.

Suivant ce raiſonnement & toutes
ces conſéquences, ſes Etats devoient
s'étendre encore bien davantage. La
Reine *Candace* naquit, ſelon les Abiſſins dans un lieu proche de la Ville *d'A-
xum*, que *Ptolomée* place à dix degrés
de hauteur nord, & *Ludolf* à quatorze
& demie de latitude ſeptentrionale ; cette Ville étoit autrefois très-conſidera-
ble, elle a même été la Capitale du
Royaume des Abiſſins, qui, ainſi qu'u-
ne grande partie des Ethiopiens en ont
été appellés *Axumites*, & preſque tou-

te l'Ethiopie. Ce fut d'ailleurs dans
cette Ville que David fut couronné
Roi, & tous ceux qui lui ont succedé jusqu'à present, ont suivi son exemple ; parce qu'il suffiroit qu'un Roi des
Abissins manquât à cette formalité ,
pour qu'on le crût regner injustement.
Il suit de-là que cette place étoit encore de la dépendance de *Nicaulis*, puisque cette Princesse y fit couronner son
Fils David.

Il y a aussi apparence, que *Nicaulis* la
retint pour elle , quand elle donna des
Etats à son Fils. En effet, on ne voit pas
que cette Ville ait été conquise sur lui
par aucune des Reines qui ont succédé
à sa mere. Les Abissins cependant font
connoître qu'elle appartenoit à *Candace*,
quand ils disent que c'étoit sa princi-
pale résidence. Elle conservoit sans doute cette ancienne splendeur , qui est
annoncée aujourd'hui par de grands
édifices que l'on y voit encore , & par
des pyramides , ou obelisques très-
élevés.

Quoique ce fût là que *Candace* tînt
sa Cour, elle n'en prenoit point sa dénomination ; elle prenoit, suivant les
Abissins, le titre de Reine de *Bur* , qui
est un Pays très-voisin. Puisque ce der-

nier Royaume lui appartenoit encore, &
étoit même celui dont elle prenoit le
titre de Reine ; il avoit donc apparte-
nu auſſi probablement à *Nicaulis*. Ainſi dans le tems que David étoit Roi, la
Reine ſa mere poſſédoit, au moins, l'Iſle
de *Méroë* ; & les Royaumes de *Tigray*,
de *Nobie*, & de *Bur*, qu'elle a tranſ-
mis aux Reines qui ſont montées après
elle ſur ſon Trône. De là je puis conclure qu'elle n'abdiqua point en faveur
de ſon fils, mais qu'elle lui abandonna
ſeulement une partie de ſes Etats, pour
en former une nouvelle Monarchie,
avec les conquêtes que lui & ſes ſucceſſeurs pourroient faire ſur les Idolâtres.

Voilà, cher Zadé, tout ce que
je penſe à l'égard de la Reine, qui
alla voir & entendre Salomon. Quoique je ne me ſois pas arrêté à diſcuter,
ſi elle étoit réellement de l'Ethiopie,
ou de l'Arabie heureuſe ; tout ce que je
t'ai marqué doit aſſez te faire connoître
quel eſt mon ſentiment. Je n'ignore pas
néantmoins avec quelle ardeur les Arabes revendiquent cette Princeſſe, qu'ils
font même fille de *Hod-hagi*, Roi des
Homerites, dans l'Arabie heureuſe. Je
ſçais auſſi que pluſieurs Ecrivains céle-

bres s'efforcent de soûtenir leur préten-
tion; mais leur crédit eft balancé par
tant de grands hommes, qui leur font
contraires, que je me perfuade qu'il eft
libre d'adopter l'opinion dans laquelle
on croit voir, finon la vérité bien dé-
montrée, au moins le plus, de probabili-
té. D'ailleurs fi je ne craignois de t'en-
nuyer, peut-être ne me feroit-il pas
difficile de répondre à certaines queftions que font les adverfaires pour appuyer la leur. Quand ils demandent,
par exemple, pourquoi le Roi d'Ethiopie, ou des Abiffins, s'il étoit fils de
Salomon, ne donna point de fecours à
Roboam fon frere, dans les différentes
guerres que ce dernier eut fur les bras.
Ne pourroit-on pas leur répondre, que
l'embarras où étoit alors le Roi David
fait fon excufe ? Ce Prince avoit lui-même les armes à la main, fuivant les Abiffins, contre des Princes Idolâtres fes
voifins, qu'il foumit. Comment pou-
voit-il donc fecourir fon frere, étant
lui-même fi fort occupé ? Ne fçait-on
pas auffi, & ne voit-on pas journelle-
ment que les Princes, le plus étroite-
ment liés par le fang, s'abandonnent
réciproquement, quand leurs intérêts
les attirent ailleurs ? Les autres objec-

tions n'ont pas plus de force, & font
auffi frivoles. Je pourrois t'en convaincre fi je voulois m'étendre davantage.

Au furplus, quand il n'y auroit que
la fondation, dont j'ai parlé de la Ville
de *Saba*; elle fuffiroit feule pour me
décider. Il ne me paroît en effet gueres
naturel que les Abiffins euffent confer-
vés, par une tradition conftante, la mémoire de cette Ville & de fon origine,
fi le tout n'étoit qu'une pure fable. Il
n'en peut pas être d'une Ville, comme
des Tables de la Loi, qu'ils difent
qu'Azarias enleva, & apporta dans leur
Pays. Azarias a bien pu leur faire croire
que c'étoient elles; mais tout le monde peut conftater l'exiftence d'une Ville,
du moins tant que cette Ville fubfifte.
Il n'eft pas poffible non plus, qu'un
grand nombre d'Abiffins ne l'ayent vû,
ni que fes habitans, & fes voifins,
n'ayent tranfmis à leurs decendans & à
d'autres, le fouvenir de l'occafion, à
laquelle elle fut bâtie & nommée *Saba*.
Vouloir nier que cette Place ait exif-
té, c'eft anoncer les Abiffins pour les
plus grands Impofteurs de l'Univers; ce
que perfonne n'a encore publié jufqu'à
préfent.

Déferons toujours, cher Zadé, aux

traditions qui se sont bien soutenues &
conservées; tu sçais combien nous en
avons de respectables. Si nous les rejet-
tions, où en seroient quantité d'actions
qui prouvent l'excellence de notre
grand Prophète ? Où en seroient par
exemple, ces extases, lorsque l'Ange
Gabriel lui apportoit les ordres du Très-
Haut ? Cette modestie admirable qui le
porta à faire combler un puits, pour
étouffer la voix merveilleuse qui lui
crioit dans le tems qu'il passoit, *Maho-*
met est le véritable Prophète. La preuve que le Ciel lui donna de sa protec-
tion particuliere pour l'Islam, en rédui-
sant en cendres une Maison, où étoit un
de ses Sécretaires, qui avoit osé altérer
le divin Alcoran ? Ce fameux voyage
qu'il fit dans une nuit de la Mecque à
Jerusalem, d'où il retourna à la Mecque la même nuit, & s'y rendit avant le
jour; après être monté au Ciel sur le
Borak, avoir vû le Paradis & l'Enfer,
& avoir parlé avec l'Eternel ? Que de-
viendroient ces deux miracles célebres
qu'il a opérés, quand il fit sortir de
l'eau de ses doigts, & que marquant la
Lune avec ses ongles, il la fendit ? Ah
mon cher Zadé; il nous faut de la
foi, sans elle nous ne faisons rien qui

puiſſe être agréable à Dieu. Conſervé donc la tienne ſoigneuſement ; forti-fie-toi dans la croyance ; que les mauvais propos & l'exemple pervers ne l'alterent en rien. Adieu.

Dis au Chevalier mille choſes obli-geantes de ma part, tu ne peux lui don-ner trop d'aſſurances de mon amitié.

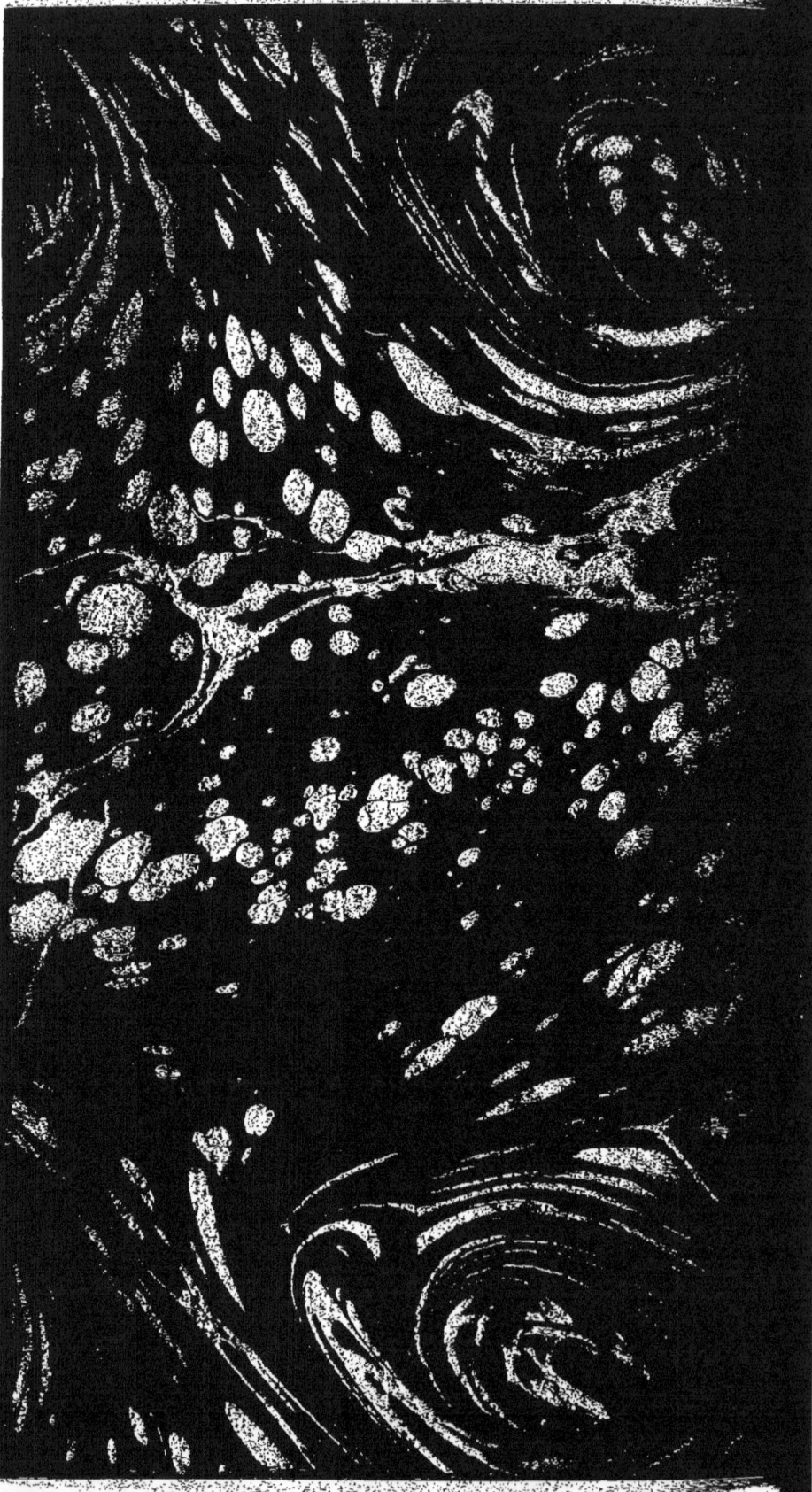

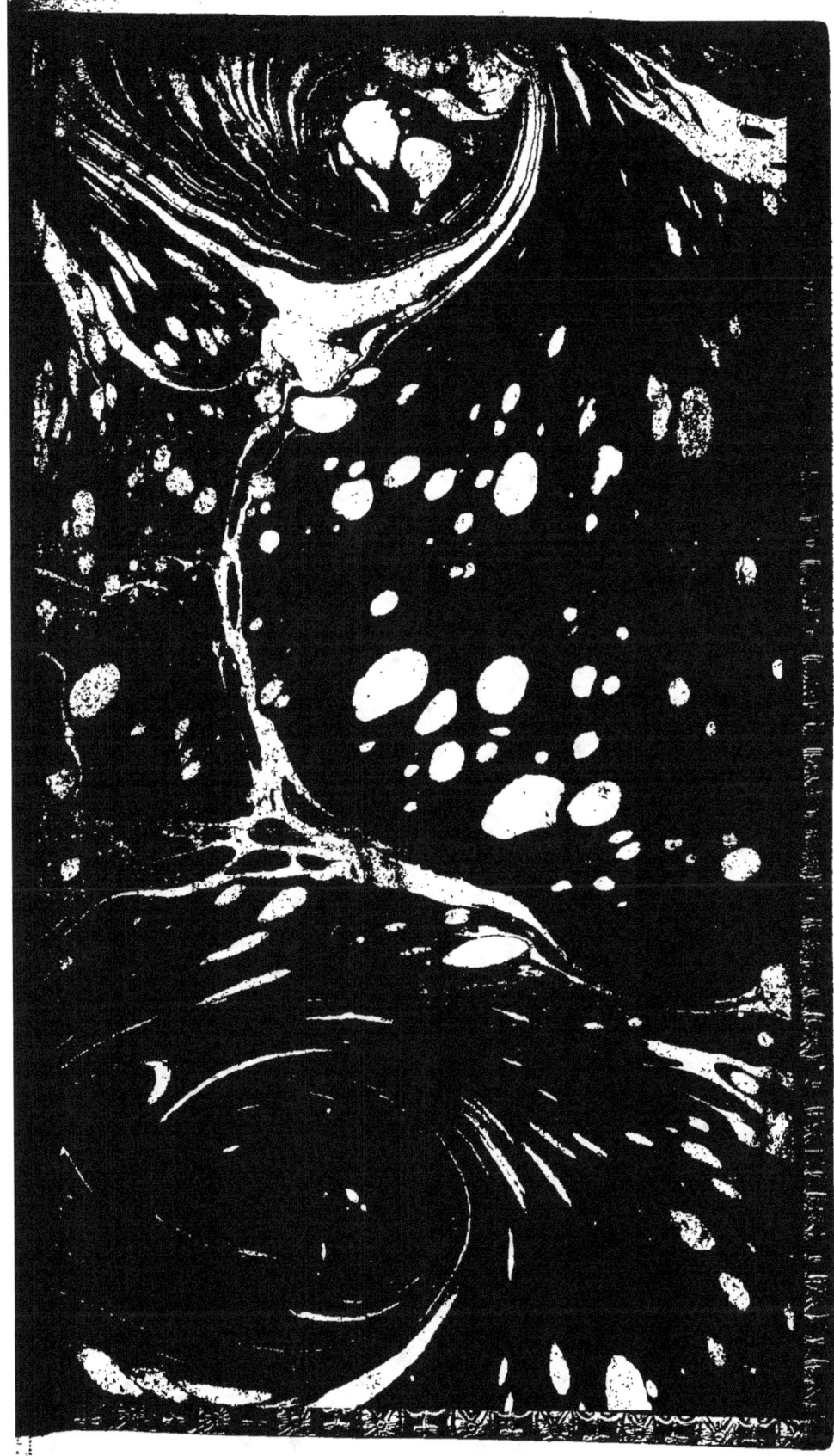